AF568779

УДК 82-34
ББК 84(4Анг)
Ш53

Литературно-художественное издание
Для чтения взрослыми детям

Перевод с английского *Марии Торчинской*

Шеффлер, Аксель
Ш53 Супер-пупер-самокат / А. Шеффлер. — Москва: Клевер-Медиа-Групп, 2025. — [32] с.: ил. — *(Чик и Брики)*

ISBN 978-5-906838-35-3

Издательство CLEVER
Генеральный директор *Александр Альперович*
Главный редактор *Елена Измайлова*
Арт-директор *Лилу Рами*
Ведущий редактор *Евгения Попова*
Корректор *Светлана Липовицкая*

Доп. тираж 3500 экз.
Дата изготовления: 10.2025.
Формат 60х90/8. Усл. печ. л. 4.
Подписано в печать 20.08.2025.

Интернет-магазин:
www.clever-media.ru
vk.com/clever_media_group
t.me/clevermedia
Книги – наш хлѣбъ
Наша миссия: «Мы создаём мир идей для счастья взрослых и детей»

Товар соответствует требованиям ТР ТС 007/2011 «О безопасности продукции, предназначенной для детей и подростков».

Издатель, уполномоченное лицо по принятию претензий к изготовителю от потребителей по качеству продукции: ООО «Клевер-Медиа-Групп»
Адрес: 115054, г. Москва, вн. тер. г. муниципальный округ Замоскворечье, пер. 3-й Монетчиковский, д. 16, стр. 1.
Электронный адрес для контакта:
hello@clever-media.ru

Страна происхождения: Российская Федерация

В соответствии с ФЗ № 436 от 29.12.10 маркируется знаком 0+

Отпечатано в АО «Первая Образцовая типография», филиал «Чеховский Печатный Двор». 142300, Московская область, г. Чехов, ул. Полиграфистов, д. 1, Российская Федерация. Сайт: www.chpd.ru, e-mail: sales@chpd.ru, тел. 8 (495) 107-02-68. Заказ ЧК-4797-25.

ЧИК И БРИКИ

Супер-пупер-самокат

Аксель Шеффлер

Чик катался на супер-пупер-самокате.

И на горку...   И с горки...

И ловко подпрыгивал **прямо на ходу!**

И тут в парк пришла Брики.

Брики очень нравился супер-
пупер-самокат.

Она **давно** мечтала на нём покататься.

Она оттолкнула Чика, вскочила на самокат и покатила — быстро-быстро, далеко-далеко!

УХ, как Чик рассердился!

Брики ещё никогда не каталась на самокате, но ей всегда казалось, что это очень просто.

Она въехала

на горку...

Она съехала

с горки...

Она даже попыталась ловко подпрыгнуть **прямо на ходу!**

ОСТОРОЖНО, БРИКИ!

Брики кубарем полетела с самоката.

Ой, мамочки!

Бедная Брики!

Она разбила коленку до крови.
Это очень больно!

Чик **пожалел** Брики и заклеил ей коленку пластырем.

— Извини, пожалуйста, — сказала Брики, — — за то, что взяла твой самокат без спросу.

И спасибо, что полечил меня!

Друзья обнялись
крепко-прекрепко!

И пошли играть
в песочницу.

Песок — мягкий, на него
не больно падать!

А после прогулки Чик и Брики вместе поехали на самокате домой — пить чай.

УРА!